청어詩人選 185

미니 입은 달빛

신혜경
시집

청어

미니 입은 달빛

신혜경 시집

발 행 처 · 도서출판 청어
발 행 인 · 이영철
영　업 · 이동호
홍　보 · 이용희
기　획 · 천성래
편　집 · 방세화
디 자 인 · 이해니 | 이수빈
제작이사 · 공병한
인　쇄 · 두리터

등　록 · 1999년 5월 3일
(제1999-000063호)

1판 1쇄 인쇄 · 2019년 7월 20일
1판 1쇄 발행 · 2019년 7월 30일

주소 · 서울특별시 서초구 남부순환로 364길 8-15 동일빌딩 2층
대표전화 · 02-586-0477
팩시밀리 · 0303-0942-0478

홈페이지 · www.chungeobook.com
E-mail · ppi20@hanmail.net
ISBN · 979-11-5860-675-6(03810)

본 시집의 구성 및 맞춤법, 띄어쓰기는 작가의 의도에 따랐습니다.

이 도서의 국립중앙도서관 출판시도서목록(CIP)은 서지정보유통지원시스템 홈페이지(http://seoji.nl.go.kr)와 국가자료공동목록시스템(http://www.nl.go.kr/kolisnet)에서 이용하실 수 있습니다.(CIP제어번호: CIP2019026944)

시인의 말

등단 10년이 지났다. 이 부끄러움을 날마다 동해 바다에 버렸다. 그리고 오어사 둘레길을 걸으며 비웠다. 시집도 읽지 않고 책도 보지 않고 생활해 보기도 한다. 시는 사랑이며 삶이다. 사랑도 삶도 그리고 꿈도 실패와 좌절의 동굴에서 헤매는 이 시간들 속에서 어떤 모습으로 서있는지. 현재 시는 부끄럼이다. 원고청탁과 출판의뢰를 해주신 분들께 감사드리는 마음으로 이 시집을 출판한다. 모두 감사합니다.

시인 신혜경 배상

차례

4부

5부

1부

욕지도

섬은 고독이다. 부드러운 능선 따라 바다를 닮은 하늘이 흘러내린다. 섬은 서러움이다. 산들은 모두 시루떡 크기의 속살을 드러내며 눈부시게 푸른 서러움을 키우고 있다. 하루 몇 차례씩 배 가득 사람들을 실어 나르고, 짧은 사랑과 이별을 반복하는, 삶의 애꿎은 장난에 휘말린 푸른 소나무들도 자라고 있다. 오후 4시 30분 마지막 육지를 향하는 선상. 파도는 떠나온 섬을 향해 달려가는데, 점점 더 많은 무리들이 섬을 향하는데 오히려 멀어져 가는 배는 붉게 타오르는 태양을 가르며 부르짖고 있다. 자유를 찾아 떠나고 싶다고, 찬란하게 찬란하게 5시를 향해 가는 형형색색의 여행객들 사이 그 곳에도 자유를 꿈꾸는 서러운 욕지도가 있었다.

봉정암

설악은 자정의 봉정암에서 부처님의 빈 젖꼭지를 빨고 있었다. 화산처럼 뜨거운 발바닥을 위로한 채 천정을 향해 발길질을 하고 있었다. 봉정암 기둥마다 분홍연꽃이 다닥다닥 피어오르고, 속진은 흙내를 피우며 향불을 피해 달아나고 있었다. 회오리치는 카오스의 물결을 뚫고 미소는 부처님의 갈비뼈를 더듬고 있었다.

소매물도

일상의 언어들이 튀어 오르더니 우뚝 머물러 등대섬이 되었다
애틋한 사랑의 손을 내밀어도 잡힐 듯 말 듯
안타까운 마음들이 바위가 되어
날마다 칠월 칠석 까마귀의 삶을 사는데
오래된 이루지 못한 첫사랑의 밀어들이
파도를 타고 돌돌 밀려 들며
사랑의 빛으로 반짝이는데
시간의 흐름을 잊은 절리들과 이를 희롱하는 파도
그 사랑소리
수 천 년 둥글어진 자연이 만들어낸
언어들의 유별난 조화, 소매물도

연화도

그 여인이었다
하얀 원피스를 입고
붉은 피를 토해 붉은 동백이 치마 가득 피게 하는
사랑마저 고독한
지독한 아픔의 서러움으로
원망마저 사치인
순결과 순수의 시절에 쓴 소설 같은 여인을
그 섬에 버렸다
그녀는 배를 탈 줄 모른다
아마도 연화도에서 영원히 살 것이다
푸념 같은 그녀를
타인의 순결을
순결한 청소년기의 비련을
옥 같은 상자 속에 넣어서 그 섬에 가두었다
그녀의 이야기는 이제 들리지 않는다
영원 속에서 혼자 웅웅대다가 사라질 것이다

꽃지해변에서

어둠과 함께 서 있다
겨울바람이 겨드랑이까지 파고들며
중년의 갈비뼈들을 쓸며 흩어지고 있다
건물과 바다가 이렇게 가까울 수 있다니
이층 방에서 뛰어내리면 바다에 풍덩 빠질 수 있을 것 같다
사랑과 그리움의 꽃지여서일 것이다
사랑과 그리움에 경계가 있겠는가?
이곳이 바다이고 사랑이고 그리움이다
한해를 보내는 일이
파도가 모래를 밀고 왔다가 다시 끌고 가는 일인 것을
가슴이 어느덧 꽃지해변이다
몇 시간을 서서 해변과 마주해도
그 해변이나 이 가슴이나
회한마저 우뚝 선 바위로 고개 드니 발길을 재촉하다가
밤 꽃지의 품안에서 잠이 든다
주인도 떠난, 객도 없이 홀로 지내야 할 밤인가 보다
테라스의 테이블만 어둠을 지키고
지나간 시간들을 유리창에 한 편의 영화처럼 펼쳐 본다
차곡차곡 가위로 잘라서 쌓아야겠다
언젠가 꽃지의 저녁노을처럼 아름답게 불타오르겠지

전기장판에 히터까지 잘 준비된 펜션에서
중년의 소망이 밤새 잘 숙성되고
새벽의 찬바람 속을 꽃지의 이곳저곳 밟고 다닌다
굴 캐는 아낙과 조깅하는 청년, 중년의 부부 그리고 한 가족
바다는 새벽 속살을 다 드러내고
모래 속에서 조개들이 일제히 아침 기지개를 켜고
해송들이 솟아오르는 태양을 맞이하고 있다
서해안에서 한해를 보내는 이 외로운 중년
낯선 풍경 속에서
진해에서 군대 생활한 주인아저씨의 이야기를 들으며
따뜻한 해물탕에서 전복을 뜯고 있다
전복 껍질에서 하얀 포말들이 착착 감겨 들며
옛사랑의 그림자를 끓이고 있다
사랑, 그리움, 그리고 정
모두 함께 나누지 못하는 공간 속에 있어도
이 따뜻한 해물탕 한 그릇 정도의 사랑과 인정 속에 있을 수 있기를

가을 절골

내 고향 청송 절골 계곡의 맑은 물을 거슬러
송사리 헤엄치는 사이사이로 이미 가을은 돌들을 닮아가고 있다
더운 여름 한철 청춘의 정열은 조락하여 견고의 인내로
맑은 계곡물에 쌓여 그렇게

산들은 정상의 높이만큼 깊은 골짜기로 등산객들을 인도하고
산과 산 사이 바위와 하나가 된 존재들
단풍과 등산객들의 등산복이 서로 닮아서 모두 붉다
붉다가 서리 맞은 마른 잎들 그리고 노란 침엽수
수목들의 손짓들이 성큼성큼 다가와 앞을 가로막으며
"절골의 가을은 어느 곳에 있지?"
하고 물었다

태양을 바라보며 잠시 쉬는 그 순간
담비가 나무를 오르며 꼬리를 흔들고 있는 모습을 보며
웃으며 대답했지
"저 담비에게 물어보지?"

담비가 노란잎의 단풍을 오르면 노란색
빨간색 단풍을 오르면 빨간색
그리고 서슬 푸른 소나무를 오르면 초록색
마른 나뭇잎을 오르면 마른 나뭇잎색
그 눈빛 속에 그 웃음 속에 그런 빛깔의 가을이 있어
만지면 사각거리다 부스러져 사라져 버릴 것 같은
애처로운 단풍까지

허공을 향해 직선으로 꽂힌 저 침엽수의 뾰족한 끝
에로스의 화살이었을까
갸우뚱하는 찰나 앞을 가로막는 커다란 절벽
돌아서면 곧 하늘 한 귀퉁이 성큼 내어줄 듯하더니
끊어지지 않는 골짜기이다
길디긴 골짜기 이젠 시큰거리는 발목 사이로 그 치부마저 보이고
커다란 나무 한그루 뿌리를 드러내며 힘차게 흙을 움켜 안고
아낙네들 모여 이야기 보따리 풀어놓고
그 웃음 단풍빛으로 흘러 돌다리에 부딪쳐서 흩어지고
등산화에 젖지 않도록 조심스레 건너는 다리 사이
잽싸게 헤엄쳐 오르는 물고기 한 마리

그곳에도 미소 짓는 절골의 가을과 단풍이 있다

동해의 일몰

호미곶 둘레길을 걷는다
돌길이 좋다
낡은 등산화에 밟혀서
돌들이 소리를 낸다
이 저녁 태양이 귀가를 서두르는
바다가 길 바로 앞에서 척척 감겨온다
포스코의 긴 다리가 바다를 차고 있다

– 이 년아, 저 태양이 서쪽을 넘지 않도록 밧줄로 묶도록 해라

무당이 소리를 지르면
돌들이 다시 요령소리와 같은 소리를 낸다
걷다가 뛰다가

이 모든 세속의 일몰
파도는 거대한 뱀처럼 혀를 날름거린다
등산화 속에 들어와 발바닥을 거북하게 하는 이 동해의 잔해들

바보 같은 진주빛 승용차는 두 눈을 내리깐 채
바위만 보고 있다
진짜 바보다

무당의 주사들을 둘둘 싸고 있는 이 어스름
바보야 바보야 바보야

강구항에서

오월의 저녁놀은
푸른 신록의 너그러움과 싱그러움을 덮고
속 좁은 하늘의 한 귀퉁이에서 참 붉디붉다
선거와 그리고 또 그 노조 이야기로 얼굴도 붉어져
강구항을 마주하고 있다
정박한 배들을 향해 오는 동해의 파도들
밀려오고 또 밀려오고
미지근한 물같이 살아왔다고 말하고 다녀야 하는지
오늘은 자가용 속도 불편하여
이렇게 강구의 바다를 마주하고 있다
이 밀려오는 것이 저 저녁놀의 붉은 한 조각 구름을 담고
한여름의 파도가 한겨울 얼음조각으로 밀려온다
서늘한 바람따라
자음과 모음마저 선명하게 또 그 문장을 만든다
강구항의 소금물로 뛰어들어서 씻어 버리고 싶다

사랑한다고 말해보자

새벽 일출을 보며
태양이 자신의 심장을 닮았다고 생각되면
사랑한다고 말해보자

출렁이는 파도가
자신의 가슴에도 있다고 생각되면
더 큰 소리로 사랑한다고 말해보자

디디고 서있는 바위가
자신의 믿음만큼 견고하다고 생각되면
세상을 향해 소리쳐보자 사랑한다고

이 세상 이 모든 순간들 속에 영원이 있다는 것을 믿는다면
현재의 이 모든 것을 사랑한다고 사랑한다고 사랑한다고

바다의 푸르름으로 천연염색을 하자

그대여
오십 대의 빵 굽는 향의 가슴을 가진 당신들이여
동해 바다에 와서는
동해의 푸르름으로 천연 염색을 하자
그러면 하루가 짧았던 청춘의 열정들이 살아서
가슴에서 요동을 칠 것이다

순수의 영혼으로 자정을 넘기던 시간들 속에서
사랑과 소망은 현실 속에서 몸살을 앓던 청춘의 시간

오십의 두께로 잘 숙성된 당신들이여
동해 바다에 와서는
눈부시게 빛나는 이 동해의 푸르름으로 천연 염색을 하자

추억의 배들이 항해를 준비하는 시간이든지
항구에 배들이 모두 떠나버린 시간이든지
그것이 무슨 상관이 있겠는가?
살아야 할 날들이 살아온 날들 속에서
저 등대와 같은 고독한 순수의 손짓을 보았다면
영혼이여
그대마저도 이 동해 바다에 와서는
동해의 푸르름으로 천연 염색을 하자

새벽 바다

여름의 새벽 해돋이를 기다리며
여명 속을 오가는 검은 점 같은 배들이 부산히 그물을 던지며
희망을 건져 올린다
살아 튀어 오르는 물고기들의 생명력
팽팽한 힘줄이 당겨지면서
삶의 일부가 완성되어지는 환희의 순간들 속에서
붉은 태양이 고개를 내밀기 시작한다
어부들의 고기잡이로 몇 명의 식탁을 생선으로 채울까
새벽의 절정
타오르는 태양만큼 초롱초롱한 생선의 두 눈
잘 구워진 희망
희망을 먹고 생명력을 먹고 타오르는 태양의 정열을 먹고
새벽 같은 희망을 만들 사람들
희망을 만들고 사랑을 나누고
이 모든 것들이 시작되는 황홀한 새벽 바다

미운 바다 이야기

오랫동안 사랑이었고 인생이었고
삶의 전부였던 그 모든 것들이
증오의 바다 속에 있을 수 있다는

폭풍의 언덕 같은 바다의 이야기를 알게 되었다

2부

자정

몇 억년을 거슬러 올라갔을까? 한 원시인이 자신의 긴 머리카락을 날카로운 돌날로 자르고 있다. 뚝뚝 떨어지는 머리 올을 쌓아놓고 빙빙 돌며 신을 부르고 있다. 두 다리로 열두 점을 그리고 긴 막대를 잡고 땅을 두드리며 구멍을 파고 있다. 쌓인 머리 올을 매개로 천손을 불러 타오르는 심장을 보이며 태양의 자손임을 노래하고 있다.

신발

아주 오래된 기억의 늪이었다
태양을 따라 떠나온 길만큼
깊고 깊은 동굴마저 지나

그 동굴에는 기억의 실타래를 풀고 있는
늪의 주인이 있다
부지런한 늪의 주인은 날마다 낚고 있다
고해의 의미를
날마다 건너고 있다
고뇌와 고독과 슬픔의 강을

그 언제쯤 가지런한 한 짝의 신발 속에서
동굴과 늪을 건너온 눈부신 두 발이
서로 머리를 맞대고 사람 인(人) 자를 그릴 것이다
풀어진 신발끈 사이
신발도 사람도 인연도 낡아 가고 있다

첫눈

진동모드의 휴대폰이 흔들리기 시작한다
흰 싸락눈 한송이 두송이
순백의 하트무늬 새겨 주고는
차가운 초겨울처럼 말을 한다
사랑을 하려면 돈이 필요하다고
하얀 눈 돈벼락 맞으라며
늦가을 노란 은행잎들 사이로
이미 다 써버린 종이의 이면을 모으듯
형광빛 닮은 빗자루로 은행잎을 쓸고 있는
환경미화원의 거친 숨소리를 타고 내린다
아주 진한 빛깔의 광고 문자의 끝 이름 뒤
OO부동산 소장 드림이란 말만 없어도
진짜 그럴듯한 첫사랑의 문자처럼 달콤하다
말라가는 노란 은행잎마냥 가슴이 써늘하다
하얀 싸락눈 하나 맨살을 파고 들듯

매화

봄이다
따뜻한 품에 안긴 매화나무
휘어진 허리마다 분홍빛 꽃잎이다
겨우내 인고했던 그 절조로 햇살에 빛나는 수술들
작고 동그란 눈을 달고 하늘을 보고 있다
이렇게 많은 수술들
성급한 애주가 코끝에 스미는 시큼한 향으로
아련히 스쳐가는 고운 사랑아
이팔의 부끄럼 많은 새색시 젖꼭지같이
활짝 핀 매화 그리고 봄

낮달

태양은 그림자놀이를 좋아 한다
정열의 신은 자태를 뽐내며 하늘을 걷고 있다
영웅들의 함성이 하얗게 쏟아지면서
우렁차게 파도를 일으킨다
모든 살아있는 것들에게 뜨거운 열기를 뿌리며
오전 10시를 알리는 시계의 종소리들
파도가 솟아오르며 손을 내민다
서쪽 하늘 한편 배부른 낮달이 하품을 하고
늙은 마부가 늦은 아침을 준비한다
밤과 낮이 흐릿한 미소를 지으며
질주하는 비행기의 날카로운 비명이
서으로 가는 길에 하얀선을 긋고
태양은 뜨거워지고
파도는 하늘을 향하고
흐릿한 낮달이 느린 걸음으로
하얗게 걸어가고 있다. 서으로

동백꽃

산들에게 심장이 있어
영원히 꺼지지 않는 불멸의 뜨거운
동백은 심장의 불덩이를 펴올리고 있다

산들에게 사랑이 있어
영원히 타오를 사랑의 불꽃이 있어
동백은 그 사랑의 영혼을 펴올리고 있다

그 산들에게 신들에 대한 기도의 열렬함이 있어
영원할 그 열렬함이 선홍빛으로 물들어
동백은 그 기도를 활짝 피우고 있다

산들의 심장 소리를 보아라
산들의 사랑의 영혼을 보아라
산들의 열렬한 기도를 보아라

뜨겁게 안아서 하나가 된 붉은 산의 분신이
뚝뚝 걸어서 다시 돌아가는 모습

노란 연필

노란 연필에서 개나리 꽃잎이 뚝뚝 떨어지고 있다
어느새 뾰족해진 연필심의 검은 마음 하나
스파이더맨을 그렸다 스파이더맨은 도시의 고층건물을 걷는다
수직으로 걷기도 하고 벽과 유리를 타고 기어오르기도 한다
검은 심이 만들어 낸 흑기사는 뚝뚝 떨어진 노란 개나리 잎들을 들고
건물 옥상에서 옥상으로 나르며 정의를 부르짖는다

날카롭게 그어진 선들로 이루어진 온몸이 잔잔한 마름모꼴을 하고
그 공백들 속에서 유년의 상상이 펼쳐지며
팽창해져가는 마름모들의 탄력들이 긴장을 이룰 때
갑자기 뚝 하고 떨어져 나가는 검은 연필심
또다시 노란 연필에서 개나리 꽃잎은 떨어지고

아름다움의 꽃잎을 좇는 스파이더맨의 두 손
평화와 정의를 위하여를 외치는 그의 입
그 위에 노란 꽃잎이 소보록히 쌓인다

바다 1

모래를 밟은 자리마다 바다가 찾아들었다. 삼 년이 다되어가는 날들. 밤마다 바다는 이방인처럼 떠돌다가 시퍼런 파도가 되어 밀려든다. 슬픔을 모르면 사랑도 모른다고. 밤마다 친 가슴에 퍼런 멍이 들었다. 바다 냄새가 나는 퍼런 멍을 안고 벽을 향해 모로 누운 중년의 여인은 흐느껴 우는 법을 잊었다. 아침마다 바닷물은 속삭인다. 사랑은 아픔이라고. 여인은 철없는 아이처럼 바다의 속삭임을 그리움으로 안다. 눈부시게 푸른 그리움으로…

바다 2

바다는 밤마다 여인의 가슴에 바닷물을 길어 붓는다. 파란 물이 밴 여인의 몸에서는 갯내가 난다. 바다는 여인의 가슴에 물고기와 전복과 조개들을 길렀다. 여인의 가슴에서 자란 물고기들은 유난히 두 눈이 둥글고 빛났으며 지느러미 끝에서 피아노 건반 두드리는 소리가 났다. 달빛이 지느러미를 따라 흐르며 여인을 위해 밤마다 야화를 읽는다. 여인의 가슴에서 퍼런 파도 몇 개 꺾어서 튀어오르는 물고기들의 은빛 등을 씻는다.

겨울나무

하루가 너무 짧아서 아쉬움을 부르짖는다
허공을 향해 고독에 비해 하루가 너무 짧다고
부처님 옷자락이나 잡아 보겠냐고
사색은 가지 끝쯤에서 얼어붙은 이슬처럼 남아있고
아직 떨어지지 않은 말라버린 나뭇잎만
낮은 가지에서 더 낮추어서 하늘을 향해 아우성 치고 있다
삶은 도대체 무엇이냐고
영원히 닿을 수 없는 곳에서 구름으로 말하는 너는
아직도 도도함으로 다가온다

바람이 세차게 불 때쯤엔 나무도 흔들린다
초점을 잃은 채 바람에 몸을 맡긴 채
겨울바람 사이로 비치는 태양을 잡는다
진리가 무엇이냐고
참된 사랑이 무엇이냐고
어느새 나무는 바람과 함께 소리치고 있었다
늦은 밤 길 잃은 취객처럼 박자도 음정도 잃은
잘 알아들을 수 없는 목소리로 노래 아닌 노래를 부르짖고 있었다
인적이 끊어진 도심의 겨울나무들이여

갈대

삶을 어찌 말로 하랴
바람이 가슴 속까지 저리게 하는 것을
이런 늪에서 세상과 닮아간다는 것은
조화를 이루며 살아간다는 것은
방랑을 멋으로 살아온 나에겐 아픔이란 것을
시퍼런 욕망들이 이루지 못한 꿈들이 사선을 긋고 있는
잎들의 날카로운 끝으로 남아
바람과 함께 울다가 잠이 든다

삶을 어찌 말로 하랴
이런 늪에서 날마다 흔들리며
고독의 뿌리는 더욱 든든해지고
세사에 대한 체념과 삶에 대한 고집들이
겹겹이 대궁으로 굵어지며
어느새 온전히 혼자가 되고 있다
고독이라는 불변의 진리를 깨닫고 보면
또 이렇게 함께 어우러지는 것을
삶을 어찌 말로 하랴

첫눈 2

너는 나에게 달려온다
달려와 나의 일부가 되기도 하고
지쳐 쓰러지듯 품에 달려들기도 하고
사뿐히 다가와 속삭이기도 하고
냉정히 지나치며 가슴을 아프게도 하고

대지에 앉으며 사라지는 장렬한 존재의 소멸
순간의 결백으로 다가와
존재의 의미를 각인시키곤
잠자는 영혼을 부르다가
가슴에 뜨거운 사랑을 불러일으키고는 사라진다

소멸하다 소멸하다
온통 흰 눈으로 우주를 메울 때는
나도 눈이 되어 날리기도 하고
소멸하기도 하며
세상 어디쯤에 내려앉아 쌓이기도 하고
영혼은 우주와 하나가 되어 충만한 자연의 축복을
맘껏 구가하는 것을
이렇게 첫눈이 내리는 날엔

구두 수선

결혼하기 전 꿈꾸었던 구두는
신데렐라가 신었음직한
구겨지지도 않고 발밑의 곡선이 너무나 우아한
유리 구두
꼼꼼히 손질된 날렵한 맵시를 지닌 수제화
구두굽에 밟히면 꼭 찍힐 것 같은

그러나 결혼 후 구두는 그저 편하고 실용적인 것이 전부다
언제나 나의 발의 안전과 편리를 위해 존재할 뿐인 것이다
가죽 단화와 부츠 모두 굽이 낮은 키 작은 것으로
구두는 언제나 고개를 숙이는 겸손의 미덕이다

젊은 시절 오만한 구두이든 결혼 후 겸손의 구두이든 낡은 구두는 삶의 현장이다
구두 수선 아저씨는 날마다 삶의 다양한 모습을 실로 꿰매고 두드리고
본드로 떼꿍이를 땜질한다
젊은 시절의 오만도 저렇게 수선이 가능할까

파마머리 키 작은 아저씨는
웃으면 눈까지 아예 감은 듯하면서
구두 속에 싸여서 꼬이고 꼬인 인생 같은 실올들을 바늘에 꿰어서
한땀한땀 구멍 난 인생을 땜질하고 있다
소주 한잔으로 건물도 짓고 소주 한잔으로 사랑타령도 늘어놓고
소주 한잔으로 숨겨두었던 슬픔도 꺼이꺼이 풀어가며
포장마차마저 허락하지 않아 좁은 수선실 귀퉁이에 앉아
바늘 끝을 머리에 문지르며 또다시 굵은 실을 꿰고 있다

물러 앉아 기다리며 젊은 시절 유리구두를 주문한다
아저씨의 작은 손이 무슨 마술사라고
날렵한 뾰족 구두의 본모습을 주문한다
아저씨의 작은 잔주름들이 섬세하게 마무리해 줄 것 같아
자꾸만 수다가 늘어간다

아저씨는 자꾸만 지랄 같은 인생이라지만
그래도 구두 손질 하나는 그만이라며
때 묻은 손으로 파마머리 쓰다듬으며
간혹 눈을 흘겨 올려다 보시며 미소 지으신다
만신창이가 된 것들이 아저씨의 손을 거치면 새신이 되는 것
이다
평화상가 입구 구두 병원의 구두 수선

시장(市場)

길가 빼곡히 메운 상인들의 투박함들이 가격 흥정에서 팽팽한 삶의 긴장감으로 바뀌는 시점이다. 갑남을녀들이 상품을 매개로 자신의 인정을 저울질하며 어느새 한 바구니에 담긴 과일들처럼 닮아가는 공간이다. 부족의 불만들이 이렇게 채워지며 너와 나는 웃음 속에서 타인의 의미를 바꾸기 시작한다. 과일을 사면 과일만큼의 가치가 되고 순대을 사면 순대만큼의 가치가 되고 두부를 사면 두부만큼의 가치가 되고 잘 부풀린 찐빵을 사면 찐빵만큼의 가치가 된다. 내미는 아주머니의 주름진 손을 보며 질긴 명줄의 탱탱함을 감사히 생각하며 노동의 가치가 여기저기 놓인 시장의 좁은 길을 걷는다. 오늘도 이렇게 피와 살을 만드는 양식들을 얻을 수 있다는 사실에 잠깐의 소박과 겸손도 한 바구니 담긴 채 장터의 일부로 자리 잡는다. 빽빽한 산만들이 삶의 색깔과 가치로 가득한 공간. 시장은 오늘도 서민이다.

오이소박이

굵은 소금에 상처 난 아픔은
갈래갈래 찢어진 가슴에
잘 버무려진 속을 꼭꼭 채울 때에야
아물기 시작한다

아직 성숙하지 못한 풋내들이
겉돌아 나긋나긋함이 없어도
적정 온도 속에서의 시간성이
연륜을 배게 한다

가벼움의 미학은
상처가 아물기 시작하면서
무게를 갖기 시작한다

겨울나무들

하얀 함박눈을 쓰고 앉은키 작은 할매가
치마를 말아 잡고 오줌을 누고 있다
치매에 부끄럼 잊은 자연을 닮아가는 아흔의 나이
함박눈에 백발 된 겨울나무들

산 1

누운 어머니의 젖가슴
하얀 두루미 한 쌍 날아들어 품에 안길 때
태양은 두 눈을 감고 불경을 외고 있다

산 4

옹달샘을 마시는 노루는
옹달샘 속에 살고
노루가 뛰놀던 산도
옹달샘 속에 살고

옹달샘은 노루의 두 눈에 담겨 살고
산들도 노루의 두 눈에 담겨 살고

산은 노루를 안고
산은 옹달샘을 안고

산과 옹달샘과 노루는
멈추어 버린 영원의 시간

가녀린 노루의 입가에 미소가 된 옹달샘
가녀린 노루의 두 발에 발그라니 묻어나는 산의 내음
돌아서는 노루의 꼬리 아래
구름 나려서 옹달샘과 토닥토닥 놀고 있다

산 11

창원의 산은 철기시대를 산다
계곡의 바위들이 그 역사의 일부를 전하고
철을 단련하던 망치질로 미래를 꿈꾸더니
시뻘겋게 달아오를 쇳덩이를 둥글게 둥글게 두드려서
붉디붉은 달덩이 하나 하늘에 걸었네

3부

마음의 감옥

누이는 유년의 추억으로 스웨터를 짠다
굵은 털실을 말아 쥐고 쉬 놓지 않는다
가을날의 구름처럼 털실의 실밥이 날리고
뱀이 껍질을 벗어 놓은 듯 털실의 보푸라기가 방바닥에 앉아 있다
모두들 성장의 터널을 지나온 뒤의 그곳엔 햇살이 가득하고
누이만 홀로 앉아서 한올한올 올을 센다

삶이 만들어 낸 분비물들은
커다란 대빗자루 하나로 쓸어 내어도
어느새 뒷산 능선을 따라 햇살의 가랑이 사이로
또다시 기어오는데
누이는 햇살을 풀어 추억의 그물을 짜고 있다

한 아이가 웃고 있다
누이의 두 눈이다가 누이의 두 귀이다가
누이의 발이 되기도 하고 누이의 손이 되기도 한다
산이 안고 있는 것은 호수가 아니라 누이인 것만 같다

왔다간 인연들이 호수의 조약돌
일렁이는 물결 사이 잉어의 유연한 꼬리지느러미
지느러미가 그린 커다란 원
호수는 바닥까지 움직인다
삶이란 호수 속 물고기의 비늘 하나쯤으로 꿈틀대고
그때도 태양은 그렇게 산릉선을 따라 눈부시다

등산객들은 다녀간 꼬리표 붙이는 것을 망각했다
그저 흔적들은 바람의 한 올로 다시 돌아갈 뿐
그네들의 가슴 속으로 귀향을 서두른다

해가 저물고 어둠이 찾아와도
누이의 손은 여전히 뜨개질로 바쁘고
짜진 올들이 누구의 헐벗은 몸들을 가릴지
그때도 자꾸 어둠은 발레리나의 발걸음으로 찾아들고 있다
누이는 그렇게 또 기다림을 배운다

타인의 연가

내 앞에서 웃고 있는 한송이 장미를 보았는가
파도처럼 밀려오는 웃음소리를 들었는가
마지막 손끝마다 스며든 소금기처럼
아무리 씻어도 가시지 않는다

뛰어다닌 곳마다 난무하는 자그마한 너의 발자국
몇 십 년이 지난 후에도
화석은 살아있다 동해는 살아있다
밤마다 몸살을 앓듯이
묵직하게 그러면서도 발레리나의 살풋한 발놀림처럼
두 팔에 안겨드는 너의 체취는 잊을 수 없다

잠시도 같은 표정을 유지하지 않을 것 같은
너의 모습을 동해 바다 위에
아름다운 가을날의 노을처럼 데생하고 있었다
저 동해도 너를 다 담을 수는 없을 것이다
차라리 너는 커다란 애드벌룬으로 떠있어라
하늘을 향해 언제나 그렇게

고여 있으므로 나타였던가
잠든 시간마저 넌 깨어있고자 했던가
사랑아 나에게 소리쳐 보렴
난 동해라고 동해라고
나이를 먹지 않는 동해라고

낙동강 늪을 바라본다

낙동강이 발목으로 스멀스멀
기어오더니 어느덧 내 발목을 잡아 끌어들인다
도도한 물결까지 가면
내 심장이 뛰는 소리를 들을 수 있다고

갈대들 가장자리마다 바람에 흔들리고
앙상하게 마른 대궁들
억세게 살다 죽은 귀신들이다
죽어서도 아직 찾지 못한 심장들을
손을 뻗으며 낚으려고 발버둥을 치고 있다
질척한 저 늪만 아니었어도
늪은 점점 더 깊어지고
어느덧 나를 유혹한다

보름날 달빛에 대한 그리움은 말라버린
갈댓잎 어디에도 찾을 수 없고
유혹에 못이긴 무리들은 낙동강을 걸어 들어가고 있다
움직임의 공간을 향한 잔멸(殘滅)의 흔적들을 밟으며

생과 사 충만과 쇠락
잃어버린 심장들의 요동
앙상한 손가락 사이
그곳에 낙동강 늪이 있었다

2009년 4월 1일

아주 오랜 잠의 터널을 빠져 나오며 한 올 눈부신 태양을 바라본다. 침묵의 시간은 삶의 무게가 되고 어느덧 내 생의 길목엔 가로등이 필요해졌다. 외투의 잠그지 않은 단추들이 질서를 잃은 것처럼 바람에 흔들리고 펼쳐진 길들이 눈앞으로 다가서며 질문을 해대기 시작했다. 왜 지금까지 쌓아 온 것들을 모두 무너버릴려느냐고. 바다가 웃어대기 시작했다. 그게 너의 삶이었다고. 앞을 막아서는 한 덩이 바위가 나는 그냥 평범한 화강암이라고 소개를 했고 나는 웃었다. 늘 보던 태양의 손길들을 보며 나의 시선은 나는 새들을 바라보았다.
확실히 내 생에 회의가 온 것이다. 마음의 그릇이 너무 협소함에서 오는 것이다. 그 그릇에 이 세계의 침묵을 어찌 깨달아 담을 것인가. 아니다. 무엇을 담아야 할지 그것을 잊은 것이다. 태양이 눈부셔도 아직도 확실히 잠의 터널을 벗어던지지 못한 것이다.

2009년 백화점 입구의 한 귀퉁이

뚜껑 열린 쓰레기통의 페트병, 우그러진 캔, 구겨버린 과자봉지와 잡다한 종이 조각들 그사이 하얀 이빨을 보이며 웃는 유명 배우의 사진. 술을 진탕 마시고 혀가 반쯤 꼬이기 시작할 때 보았으면 더 좋았을 것을. 상반신의 잘 가꾼 단추 끄른 모습에 한번쯤 윙크라도 했을지 모르지. 요즘엔 뭐든 자연 그대로인 것은 없다. 알고 보면 포장지로 잘 포장된 것들이거나 잘 꾸며진 것들이다. 요즘은 잘 포장된 물건이 좋다. 사람도 마찬가지이다. 손과 손의 온기나 가슴과 가슴의 고인 정도 모두 포장된 것들이 좋다. 버려진 그 유명 배우의 사진처럼 휴지통에 버려진다 하더라도 포장이 잘된 것들이 좋기만 하겠는가.

가슴에 감정들을 주렁주렁 달고 정에 굶주린 애완견처럼 재롱이라도 떨다보면 어느새 외톨박이 커다란 달이 산을 떠나 구름의 능선을 넘고 있다. 언제쯤 저 풍경들도 포장지가 되어 나의 일상에서 숨 쉴 것이다.

늦은 귀가에 대한 재고

늦도록 술을 마시며 길을 걸을 때
마지막까지 함께 한 것은 도둑고양이의 불타는 두 눈이다
버려진 음식을 뒤지는 식욕의 극단이며
떠오른 욕망의 그물들이다
무언가 잡기위해 끊임없이 던진 그물 속에 무엇이 들어 있었을까
손짓까지 해가며 꼬인 시간의 타래들 속에는

색색이 다른 실들이 똬리를 틀고
그러고도 모자라 주체할 수 없는 삶에 대한 감정은 출렁거리기 시작했다
의미와 의미들이 충돌을 하고 흩어지는 하얀 담배연기처럼 너와 나는 구별이 어렵다
그리하여 난처한 것이다
때론 분명하다가도 때론 비어있는 술잔처럼 허(虛)한 것을
어깨를 스치는 밤안개가 아무리 잡으려고 해도 잡히지 않는다
안개를 따라 춤을 추는 팔다리를 휘청휘청 흔들며
내가 여기 존재한다는 것은 진실이라고
그것만은 진실이라고 고집을 피운다
대문에 들어서면서 대뜸 키만 자란 목련을 보면서도 끝내 고집을 피운다
존재한다는 것은 진실이라고

밥된 이야기

바보처럼 웃기만하다
너와 나는 밥이 되었다
수박의 껍질을 벗겨 꼭 참외만한 수박의 껍질을 벗겨
세상사도 꼭 그 껍질만큼만 벗겨 보다
너와 나는 밥이 되었다
밥이 되다가 밥이 되다가
하늘의 별들과 너의 가슴과
그리고 대지의 너그러움과 풀잎의 짙은 연둣빛으로
높게 자란 사슴뿔을 이슬에 적시며
그렇게 너와 나는 또 마주 보며 웃기만 한다

그대 머무는 곳은

그대가 머무는 곳은
겨울 밤하늘 어디쯤
천수(千手)도 혜안(慧眼)도
총총한 별들 사이 어디쯤
헤아릴 수 없는 마음의 실타래들
은하수 어디쯤 풀어 놓았을
그대와 나
이어놓을 마음의 강따라
오늘도 노둣돌 하나하나 놓아가는데
그대 옷자락마저 보이지 않고
작은 옹달샘 맑은 물만 나를 반기네

사랑별곡

홀로 완전함도 사랑으로 하여 오히려 불완전해지느니
나로 분명함도 사랑으로 하여 너의 것이 되고
너의 일부가 나에게로 달려와 갈비뼈와 갈비뼈 사이
너로 말미암지 않으면 날마다 균형을 잃은 지렛대처럼 기울어
가나니
사랑은 하나가 아니라 둘로서 완전해짐이라

사랑은 흐르는 물을 모은 호수와 같으니
얼마간의 헤어짐도 사랑의 호수에 떠있는 배로 있는 것이라

미완성의 순간

1
새벽산은 언제부턴가 선녀의 날개로 아랫도리를 가리고 있었다
아직 간혹 실례를 하는 오줌싸개처럼
천진난만함을 뽐내는 저 정기 어린 산 정상을 보라
빨간 웃음의 해님이 아직 먼 곳에서 걸어오는 소리가 들리고 있다

2
바람이 달려와 흙벽에 부딪는 소리들이 어느 고전의 한 귀퉁이를 뒤적이고 있다
얼마나 먼 길을 저리 빨리 달려왔는지 초월의 가락들이 치켜올린 처마 끝을 스치며
풍경 소리 다급히 서쪽으로 향하는데

3
끝을 잃어버린 것들이 마지막을 잃어버린 것들이
하늘과 땅의 만남을 이루어 내고
그들은 아직 대화의 시작을 보류하고 있다
설익은 과일의 한 조각처럼 반쪽으로 펼쳐진 이름 없는 산들이여

4
나의 기도는 저녁놀입니다
언제나 완전함으로 나의 머리를 조아리게 하는 당신의 미소여
저 붉어오는 부끄럼을 어찌하오리까
지워도 지울 수 없는 언제나 미완성의 나의 기도를

5
붉은색의 노을은 노란빛으로 그리고
푸른 산을 보랏빛으로 그리고
나머지는 빈 공간마다 무지개 빛깔로 채워 넣은 무질서의 미학이여
혼자만의 사색은 그 빛깔 위에 어둠의 검정을 덧입혀 놓고는
예리한 끌로 수천 년 전의 유적을 발굴하듯 어둠을 닦으며 밑그림을 찾고 있다

6

잃어버린 진실 찾기 놀이를 해본 적이 있나요
찾다가 찾다가 지쳐서 보면 이미 나는 배를 타고 배 위에 있는 것을
이 나이에 청춘의 예찬을 찾는다는 것도
증권에 빠진 남편을 옆에 두고 순수의 사랑을 찾는 것도
어리석음의 가치와 한 궤에 있는 것을
차라리 배를 타고 잔잔한 물결의 흔들림에 함께 흔들리고 있을 달님
그 달님의 미소와 만나고 싶어라

7

가다가 가다가 지치더라도 저 하늘을 원망하지 말기를
가다가 가다가 끝이 보이지 않더라도 저 땅을 원망하지 말기를
두 다리가 너무 짧아서 두 발이 너무 느려서
놓쳐버린 달님이 있더라도 가슴일랑 치지 말기를
호수처럼 넓은 가슴이 무슨 잘못이 있으랴
바람이 불어야 흔들리는 호수인데
그저 무너져 내린 성이 있걸랑
저 호숫가에 앉아서 잔잔한 물결 같은 노래라도 불러보렴

8

간혹 저 집의 굴뚝에 연기가 오르면
무척 오랜 고향의 친구가 보고 싶다고 울고 있는 것이라고
그 연기가 너무 오래오래 하늘을 향하고 있으면
영원히 오지 못할 곳으로 가버린 친구라고
연기가 바람에 흩어져 구름인지 연기인지 구별이 불가능하면
그것이 바로 친구의 미소라고 영원의 손짓이라고
피우지 못한 향불들이 가슴으로 옥죄어 오는 순간들의 연속이라고

9

저녁산은 붉은 심장을 머리에 이고 있다
바람이 일러 준 소식의 꼬리들이 하얀 한지에도 붉게 물들어 가는데
두 날개 화알짝 펼쳐 나는 새떼들의 이동이여
하늘과 땅의 거리가 아득한데
허무는 거리감으로
붉은 심장도 날아가는 새떼도 모두 무색하게 하는 이 당혹스러움이여

10
전통찻집 계단을 내려서면
벙글어지 연꽃의 미소가 아름다운
넓은 연잎의 너그러움에 꼭꼭 매어둔 보자기의 끈을 풀어 본다지만
풀어 놓은 보자기 속의 부끄러운 내 마음이
어느새 커다란 또 하나의 연못 위의 머쓱한 연꽃이 되었는데
어느 어여쁜 여인이 현대적인 기계인 카메라를 들고 찍기 시작한다
몇 장을 담았을까
카메라 속에서도 연꽃은 필 수 있을까
열매 맺지 못한 필름 속의 연꽃이여
삶에서 열매 맺지 못한 일들이 왜 그리 많을까
못내 아쉬운 이별의 손짓으로
다시 그 보자기의 끈을 묶어야 하는 시작의 절박함이여

11
스님은 산사에서 흘러가는 구름을
독경 소리로 묶고 있다
지붕 위의 기와는 그 구름을 벗으로 삼기로 했나보다

4부

북소리

가슴에서 울어라
징하게 울어라
투박한 손길로 울어라
산골의 궁핍과 아궁이의 타오르는 불길로 울어라

너의 소리는
수천 년을 거슬러 올라가
아랫방 새끼줄 꼬며
굵어진 손마디로
그래도 이렇게 살아야 하는 삶이 억울하면
소 한 마리 개 한 마리 묶어 잡던
그 굵어진 손마디로
북채를 잡고
둥둥둥 그렇게 울어라

주인 아가씨의 고운 미소마저
서러움으로 솟구치면
동네를 아무리 돌아다녀도 그 서러움이 사그라지지 않으면
소가죽의 투박한 소리로 그렇게 울어라
둥둥둥 둥둥둥

가슴 밑바닥까지
땅의 소리로
울어라 더 크게 울어라
가죽의 울림이 너의 가슴이어니
서러움이 아픔이
세상의 숨결로 피어오를 때까지
타인의 가슴을 울릴 때까지
둥둥둥
그렇게 울어라 북이여

간혹 벽을 마주보고 주차를 한다

벽은 언제나 사각형의 형상을 쌓아서
커다란 직사각형의 걸음으로 걸어서
90도 각도를 유지하며 뒷모습을 보인다
어린아이의 걸음과 어른의 걸음. 그리고 그림자와
아직도 남아 있는 웃음과
차가운 바람의 기운을 느끼며 벽과 직각을 이루며
주차를 한다
차를 세우고 벽을 향해 걸어간다
걸어온 길은 구겨진 채 자꾸만 따라서 벽을 지나왔다
슬그머니 손을 내민 마당의 넓이도 벽을 닮아 있다
모두 구겨서 비행기를 만들기도 하고
다시 펴서 절을 지어 보기도 하고
또다시 구겨서 성경책 어디쯤 접어 넣어 보기도 하지만
그 놈의 벽이 자꾸만 걸어 나와 그림자를 만든다
주차된 차가 초라해지기 시작한다
벽과 직각인 것도
벽의 그림자가 주둥이를 가리고 있는 것도
또다시 구겨서 쓰레기통에 집어넣는다
그래도 자꾸만 걸어 나와 주차선을 만들어 놓은 벽을 본다
벽이 말랑말랑 호밀빵 같은 것이면

귀퉁이 얼마쯤 뜯어 먹기라도 하는데
그 벽 위에 맹자나 공자가 앉아서 미소를 지으며
공맹을 설하기 시작한다
마당의 넓이가 점점 작아지더니 이제는 주머니 속에서 웃고 있다
마당도 구겨진 채 주머니 속에서 손을 내밀고 있다

겨울 여행

발가벗긴 영혼들이 밤마다 도둑걸음으로
담장을 넘고 국경을 넘고
영혼과 영혼의 돌다리를 만들고

그리고 또 많은 시간의 흐름 속에서
마음의 빗장 속에 간직했던
소중한 보석을 보내기도 하고

몰래 영혼결혼식을 해버린 짝들도 있고
이미 마음의 일부로 자리 잡고 있기도 하고

그러다가 끝내는
그런 영혼과 영혼의 돌다리들을 디디며
겨울여행을 준비한다

추운 날씨에 헐벗은 산들이 초췌한 모습으로
가난한 영혼의 빈혈증 같은 모습일지라도
나무라기 없기
한쪽 팔이 그대의 어깨에 걸쳐진 뒤라지만
너무나 추라하고 남루한 속살이라지만

그래도 이미 오래전에 맺어 놓은 인연의 끈으로
부끄러워하기 없기

겨울의 여행을 준비한다는 것은
도둑걸음과 같고
영혼의 빈혈증을 치료하기 위한 것과 같고
삶의 속도감을 높이기 위한 준비와도 같고
타인의 영혼 속에 줄 수 있는 것이 있다면
나누고 싶은 나눔의 미학과도 같은 것

그리고 겨울여행은 추운 바람 속에
이런 요소들의 동적 역학 속에
발가벗은 인간의 몸짓과 같은 것

그 후 또다시 도둑걸음을 배우고
영혼결혼식을 하고
또 여행을 준비하고
순환되는 시간성 속에 아찔한 속도감마저 존재한다면
여행은 삶의 동반자의 자리를 요구할 것이다
당돌한 의미의 겨울여행만은 아닐 것이다

바다가 전하는 말

수억 년 전 생명의 씨앗들이 뿌리내리던 그 원시의 언어들이 부셔진다
점점 가까이 다가올수록 다정한 미소들이 포말들의 속삭임으로 다가오다가
아가의 미소이다가 저 멀리로 가면서 젊은 청년의 몸짓으로 하늘을 향해 부르짖는다
품었던 꿈들이 하늘과 함께 만나면서 바다는 태양의 생명력을 품어다 전해준다

가슴의 향불은 타다가도 그 생명을 다하는 것을
그럴 때면 저 바다의 눌변(訥辯)을 가슴에 담아 다시 향불을 피우는 것을

가다가 돌아서면 불안정한 걸음의 발자국이 모래사장에 또렷이 남았는데
바다는 자꾸만 인생의 교훈들을 실어와 그 발자국을 가득 채운다

삶이란 갈 수 없는 곳들을 줄이는 것
불가능한 것들을 점점 가능에 가깝도록 하는 것
수평선 저 먼 곳으로부터 언제나 새로운 태양이 솟아오르듯
이 바다 또한 잠들지 않는다
수없이 많은 언어들을 저렇게 잔잔한 은빛 파도로 가슴의 작은
자갈돌들을 쓸고 간다

세상을 사랑하세요
사람을 사랑하세요
그리고 가능성을 사랑하세요
귀밑머리 스치며 한 올 하느님 옷깃 같은 바람을 실어다 주고는
바다는 또다시 종종 걸음으로 달려간다

저 바다는 추상적이고 원시적이다가
점점 구체적인 형상으로 다가와 미소 짓다가
때론 들켜버린 비밀스런 가슴을 몰래 숨기다가
장엄한 몸짓으로 다시 치장을 하다가
어느새 마음에 저 푸르름을 가득 채워 넣어 주다가
이젠 다정한 다독임으로 발가락을 간지럼 태운다
사람아 사람아
넌 이 바다와 같은 원시의 생명력이다

전화를 받으며

용지 호숫가 벤치에 앉으면
초겨울엔 마른 은행잎 향이 난다
걸어온 길들이 코끝에 알싸하게
찬바람과 함께 옷깃을 스친다
버버리 칼라의 바바리가 계절에 맞지 않게
다소 왜소(矮小)해지고
바람은 호수에 잔잔한 미소를 띤다
가을의 끝자락들이 가로등불이 되어
차가운 호수에 어른거린다
사촌 동생으로부터 전화를 받으며
어린 나이에 상처받은 아픈 영혼을 본다
우린 동해 바다를 너무 사랑했나 보다
가슴에선 언제나 파도가 살아서
시퍼렇게 살아서 그렇게 젊음은 노란 은행잎처럼
자기도 모르게 저렇게 상처 난 마른 은행잎처럼
한겨울 눈보라마저 맞고 있지는 않는지
전화는 길어지고 너의 목소리마저 은행잎향이 난다
자그마한 손엔 고향을 쥐고 있었다
삶의 낭만들이 늦은 계절이지만

아주 아름다운 설원(雪原)과 설화(雪花)의 순수를 배경으로 자화
상을 그린다
그 고즈넉함으로 소망들이 자라고
어느새 용지 호수엔 반짝이는 작은 별과
커다란 달 그리고 산들의 음영(陰影)들이
한 폭의 조화(調和)를 이루고 있었다
깊은 산속 옹달샘 누가 와서 먹나요
어디선가 초등학생들의 노랫소리가 아련히 들려오고
너와 나의 전화는 끊어 지고 나는 걷고 있다

산 정상을 오른 적 있는가

오를 수 있다는 것은
아직 가슴 속에 소망이 있다는 것
너의 존재가 있음을
그리고 타인이 있음을 깨달은 것

산골짜기 타고 오르는 기운처럼
타인의 영역에서 타인의 향기를 음미하였을 때
나는 산을 오르고 있다

그저 끝없는 산봉우리들이 즐비한 산들을 바라보며
이름도 모르는 봉우리들이 열병식을 하듯
가슴 속도 머릿속도 모두 나의 것이 아닌 것으로 몸살을 할 때
산을 오르며 나의 것과 나의 것이 아님을
나다우며 나의 것으로 만든 것들을 되찾고 있다

발바닥에 밟히는 돌들처럼
자꾸만 튀어오르는 감정의 골들이
감정의 충돌들이 바람따라 이리저리 몰려다니고
나는 산 비탈길을 오르고 있었다
온전히 푸른 저 산 정상을 오른 적 있는가
나의 반문은 반복되어지고

큐브

금강경 독송과 스님이 쓴 부적의 수는 같다
부적의 빨간 글씨따라 떠난 여행의 종착점은

목마른 낙타는 울고 있다
무소는 먹이를 찾으며 뿔을 세운 머리를 조아리고
매운 눈매 상대를 노려보고 있었다
붉은 미로 속 큐브

이 길의 종착점은 창공일까
먹지 않으면 굶주리고 구하지 않으면 마르는 영혼의 샘
붉은 큐브 속으로의 여행과 방황
목마른 불성, 스님의 부적 속에서
가도 가도 같은 길인데 다르지 않는데
이 부적의 궁극에 이르지 못한
비밀의 문이 가로선과 세로선이 만나는 지점마다 있는데

비밀의 문에 새겨진 숫자들이
어떤 질서와 법칙으로 늘었다가 줄어드는지
우뇌와 좌뇌와 가슴과 심장과 그리고 더 소중한 그 무엇까지
조화와 균등의 원리가 아니면 열리지 않는 문들까지

엄지발가락에서 새끼발가락까지 붉은 물감이 물들어
부적의 일부가 되어 가면
순백의 구름 몇 장 기다리고 있을까
그 곳에서 만나는 마지막 큐브에 새겨진 숫자는 무엇일까

겨울 새벽

겨울나무들 앙상히
삼베처럼 거친 바람결을 맞으며
위대한 고독으로 나이테를 만든다
여린 초승달빛을 받으며 품어내는
봄을 기다리는 야윈 들짐승들의 눈빛은
서서히 사그라지기 시작하고
밤하늘 별빛으로 우주의 질서들이
새벽의 여명을 기다린다

아직은 어둠 흐르는 강물의 우뚝한 바위처럼
과묵한 미소 허공 속을 스치고
서툰 일상들이 서서히 고개를 들고
잠을 이루지 못한 시간만큼 세상과의 공백 또한 사라진다
별과 별들 나무와 나무들 그리고 초승달
투명한 금빛 비단을 펼쳐 정결한 희망을 준비하는 시간

세상 여기저기서 움츠린 생명들이
갑자기 살아서 퍼덕일 것만 같다
날렵한 저 초승달의 끝날처럼 차가운 고요의 기운 속에서
마치 살아 움직일 것만 같다 겨울 새벽이

여행

여행은 사소한 잡비들을 모은 딴 지갑 같은 것
그 지갑 속엔 영화 티켓이나 교보문고 영수증이나
꼬깃꼬깃 모은 돈을 쌓아서 성을 만들기도 하고
청정의 바다를 만들기도 하고
배를 접어서 바다를 달리며 수평선과 대화를 하기도 하고
오랫동안 숨겨둔 먼지 앉은 서운함을 들추어내어
바람과 함께 흙내음 맡으며 걷기도 한다
구겨진 티켓이나 교보문고 영수증이나 지폐 모두 펼쳐 내어 보아도
조그마한 작은 길따라 꼬불꼬불 부끄럼타는 몇몇 들꽃
그리고 자그마하게 자라나는 나무들의 푸른 흔들림
지나온 과거들의 구질구질한 땀내들과 곰팡내와
구겨 넣은 옷처럼 다림질하지 않으면 입지 못할 옷들과
걸어가다 돌아보면 그런 과거들이 웅성대기 시작한다
성산일출봉을 오를 것이다
과거를 뒤로하고 새로운 미래처럼 태양이 떠오르는 새벽의 미소를 맞이할 것이다
태양이 나체의 몸으로 찾아와서 두 손을 잡고 떠난 후
아주 오랜 시간이 지난 뒤라 이미 잊어버린 지 오래다
아마 구름들과 새벽안개들에 가려 일출은

여러 겹의 한지를 바른 닫힌 문에 가려 보이지 않을 것이다
미래란 저 가려진 구름들을 지나서 맑은 하늘을 향해 가는 것
이리라
성산의 하늘과 바다는 폐부까지 염분을 나르며 온몸을 살균하
고 있다
바다에 뛰어들고 싶다 이 높이에서 뛰어서 푸른 바다의 표면
을 뚫고
바다 속으로 온몸을 던져 한 여흘은 푹 담그고 싶다
그러고 나면 혼자서 쌓은 먼지들을 모두 씻을 수 있을 것 같다
가족들과 담소를 나누는 무리들과 연인끼리, 친구끼리, 또 혼
자서 온 여행객까지
이른 시간이지만 하산하고 있는 사람이 더 많다
제주도 특유의 화산석들이 한때는 뜨거웠을 과거들을 간직한
채 해풍에 소금기마저 입고 영어로 쉬지 않고 이야기하는 미국
인들을 맞이하고 있다
믿음직한 사내 하나 이곳에서 살림하자면 한 몇 년 머무르고
싶다
어디선가 해녀의 물질하는 소리에 갈매기 몇 마리 하늘로 날
아오르고
승마장엔 중년의 한 사내가 승승장구한 성공의 기개를 두 어깨

활짝 편 채 푸른 잔디를 달리고 있다
그대로 저 높은 정상까지도 갈 듯한 기개다
아직도 늦은 아침잠에 빠진 주인들이 가게문을 잠근 채이고
여명들이 창에 부딪치며 빈 골목을 방황하고 있다
수족관엔 바닷소리와 지난밤과 아직 떨치지 못한 추억의 편린들이
진득하니 소라의 주둥이 되어 유리에 밀착하고 있다
소라들이 등에 붙어 행구들을 꾸려 돌아가는 행인의 옷깃을 잡고
이곳을 떠나 돌아간다 하더라도
또다시 꼬깃꼬깃 모을 영화 티켓과 교보문고 영수증과 그리고 또 지폐
그 사이 먼지들이 풀풀 쌓이면 여행을 준비할 것이다

랭보의 발가락

랭보의 발가락은 바닷가에 있었다
파도들이 안간힘을 쓰며 달려들고 있었고
발가락은 그곳에서 파도를 마주보고 있었다
바다 속에 푹 잠긴 무인도가 생길 때
랭보의 발가락도 생겼다
자꾸만 육지로부터 떠나려는 꿈을 버리지 못하고
살을 파고드는 발톱의 날카로운 이빨로
해안을 갉아먹고 있었다
랭보의 발가락은 아마 검은 밤이슬을 먹으며
저 무인도로 일탈을 할 것이다
무인도와 함께 바다 속으로 깊이깊이 잠겨들 것이다

그림자

나의 그림자는 먼 옛날 중국 황실이거나 조선 왕국의 문지기였던 환관의 옷을 입고 있다 어느 날 속삭였다 머리끝에서 발끝까지 치수와 크기와 그리고 특징을 그리고 나서 마지막으로 소변과 대변의 맛이 쓰다고 속삭이었다 오, 그림자여 이러한 현대에 어찌 입을 옷이 없어서 환관의 옷을 빌려 입었는가 타임머신을 타고 과거로 갈 수 있다면 언제인가 그 옷을 바꿔 주리라 장난꾸러기 나의 그림자 그대 장난에 애꿎은 시간만 흐르고…

타인의 방

그의 방은 지나온 과거와 현재와 미래의 거울이다

유난히 좁은 창문을 통해 들어온 햇살마다
인연들이 실내에 쌓인 먼지에게 생명을 부여한다

살아 움직이는 작은 입자들의 산란
물고기들이 공기를 따라 헤엄치며
일 년간 키워 온 새로운 생명체를 내뱉고 있다

담배 연기따라 솟아오르는 기운들, 가쁜 숨소리
쌓아 두었던 많은 책들 속에서
단어와 문장과 단락들의 의미들이 자유를 찾아 떠나고 있다

많은 시간의 굴레를 벗어난 의미들이
까마득한 과거의 생명을 되찾은 듯이
활짝 열린 창문만큼의 태양을 받으며 눈부시게 빛나고 있었다

5부

사랑만

빨간 하트 무늬 선물 상자 속에 많은 조사들이
초롱초롱 영롱하게 쏟아진다
세종대왕의 영혼으로
두 손을 소독하고
천상천하유아독존을 깨달은
부처님의 원력을 빌려서
붉은 하트에 새겨진
사랑이라는 단어와
'만'이라는 조사를 조합한다
이 가슴 떨림
첫사랑이 이러했을까?
꽃들이 개화하려는 순간의 몸짓이 이러했을까?

서정주 시집 두 권

서정주 시인 이야기만 하면 아무런 이유 없이 큰 소리를 내며 무슨 말인지 모를 혼잣말을 하는 사람이 있었네 서정주 시인처럼 화사를 보았을까 화사의 긴 혀가 그의 까만 피부에 닿았을까 꽃처럼 붉은 피부를 한 차가운 꼬리가 발등을 스쳤을까 서정주 시인을 좋아하던 작은 언니가 그 시집을 주었네 혼자서 읽고 읽고 하다가 똑같은 시집을 한 권 더 샀는데 이유 없는 그 사람의 큰 소리에 두 권을 모두 골목에다 흘려버렸네 잃어버린 두 권의 서정주 바람과 함께 골목을 쓸고 있었네

인형놀이

왜 사랑하고 소중하면 모두 일찍 하늘나라로 가지
너무 소중해서 하느님이 고이 보관하고 계시려고 그렇게 하나 봐

왜 멋있고 잘 생긴 사람은 사람들의 질시를 받으며 살아야 해
겸손과 내실을 배우게 하려고 그러나 봐

많은 것을 알고 높은 것을 갖추고 있는 사람들에게 왜 손가락질을 하지
자신의 결점을 모르고 오만해질까 염려해서일 거야

종이로 만든 두 인형은 똑같다
거울보기하는 것처럼 마주보며 이야기 한다

누구나 알고 보면 하늘나라로 가고 질시도 받고 손가락질도 받는다
다만 그렇게 되지 않기 위해 노력할 뿐이다

두 인형 나란히 서서 고개를 숙이며 인사를 한다 그리고 퇴장
뒷모습을 보이는 두 인형
아주 정교하게 그려진 머리카락의 올들이 찰랑댈 것처럼 명료
하다

단풍

세상에 저리 붉은 것이
여태 무엇을 저리도 애태웠을까
충분해지기 위해
충분해지기 위해

태양을 닮아간 잎들이
제우스의 불마차에 오늘은 타오르는 법을 익힌다
일 년에 한 석 달은
태양처럼 뜨거운 빛깔을 품기에 충분하다고

일 년 내내 필요의 갈증으로 살아가지만
이렇게 가을 석 달은
누군가의 가슴을 붉게 태우게 할 수 있다고
그대들을 위한 사랑과 정열의 영혼을 드리고 싶다고

옥빛 하늘에 선홍빛 단풍들이 바람에 흔들리며 찬란하다
붉은 잎 그대로가 태양이어라

은행나무

이룰 수 없는 사랑이었나
영원의 홑사랑이었나
그래야만 하는 것이었나
홀로 밤마다 사르는 영혼의 울부짖음이여
인생의 한 번은 붉은 사랑의 주인공이고 싶은데
지구의 심장까지 사랑의 본질을 찾아가리

수십 억 년 그렇게 살아온 생명이
거친 수피의 호흡으로 길게 누웠다

홑사랑을 영혼을
입고 있던 옷을 모두 벗고 누운 육체를

지구의 심장을 닮아 가고 있었다

그리움 1

내미는 손 허전히 홀로 외로웁고
닿을 듯한 그대 손길 그저 스치는 바람일 뿐
하늘의 구름송이 하염없는 마음에
아린 가슴 허공에 한 마리 새로 날고
저 푸른 파도에 가슴을 씻고
어설픈 이름 하나 달아 보았다
그 이름 하늘 높이 팔랑이는 깃발 되어
임의 소리 갈망하는 사막의 작은 모래알이려니
그리웁다 그리웁다
이 사막을 적셔줄 그대 영혼
어디쯤 나에게 올 그대의 그림자마저

눈 속의 노란 복수초

너는
분명하고도 명확한 발음의 어린 아이 말소리처럼
존재 의식이 뚜렷하다

당돌하고 다소 무모하지만
순수로 용서가 되는

이른 깨달음을 홀로 감당하지 못하는
여린 노란 잎들
시린 잎들이 애처로워
지나는 바람마저 마음 저리게 하는
연민의 결정체여

손끝에 닿으면
마치 들릴 것만 같구나
여린 생명의 순결한 아우성이
잎들이 노오랄 수밖에 없는 이유가

길바닥을 보며 걸으면

길을 걸어도 길바닥일랑 보지 말아야지
그냥 가로수의 멀쑥함과
길을 향해 담을 넘은 낯선 넝쿨식물이나
길가 즐비한 광고 간판들이나
아님 하늘의 푸름의 의미쯤이나
보면서 걸어야지

버려진 담배꽁초들일랑
그냥 지나치는 것쯤은 익숙해질 때도 되었으련만
길바닥에 자동차 타이어 자국마저 안은 죽은 쥐의 죽음일랑
시선의 높낮이로 못보고 지나칠 때도 되었건만
지난 밤 취객의 거나한 흔적일랑
그냥 불쾌한 풍경 정도로 지나칠 때도 되었건만

– 삶이란 투명한 유리 속에서 하루를 청하는
화류계 여인의 꾸민 모습을 그냥 지나침에서
한 공간과 결별을 선언하는 귀로에 서게 되는 것이다.

숨겨진 아픔을 벗겨보며
붉은 석류의 속살들을 공감함은
그대의 가슴 속 음향이 될 때도 되었건만
함께 아파하며 함께 눈물을 흘리던 젊음은
이미 걸어온 과거 속에서 추억의 장롱 속
크거나 작거나 낡거나 그렇게 되어버린 굴러다니는
옷가지쯤 될 때도 되었건만

아프다 가슴이 간혹 아프다
지성으로 감정을 눌러두던 한 귀퉁이가
아파온다 길바닥을 보며 걸으면
아직도 가슴을 아프게 하는 것은 길바닥이다
아직도 눈물을 흘리게 하는 것은 길바닥이다

봉정사

봉정사가 보고 싶을 때가 있다
퇴락한 단청 굵은 기둥 사이 부는 바람이 그리웁다
해질녘 탑돌이 하는 인간의 소박과 간곡함이 그 바람을 타고
부처님의 귓전을 두드릴 것 같은 그 회색빛 땅거미가 그리웁다
그 바람이 먼 곳까지 찾아 올 것 같다

빗소리

홀로 앉은 산방
먼 산이 안개 속을 헤집고
성큼 다가서서
속살대네

그리운 사람아
무엇으로 모습마저
아련한가

그대 숨결
그대 목소리
그대 손길
따뜻하게 느끼고 싶네

저 빗소리 따라
그대 맘까지 가서
그대 귓전에
속삭이고 싶네
그리웁다고
그리웁다고

한가위 고향은 풍요이다

너와 나 그리고 그대와 당신이
각자 다른 칼라의 이미지로 논둑에 서서 들판을 바라본다
모두들 흩어져 있었던 시간들이
저 벼들의 고개 숙임 속에 정담들로 들앉고

함께 걷는 논둑길이 모두 일렬로만 갈 수 있다한들
저 곡식들을 보며 누가 도시의 빌딩 속 차가운 벽들을 생각하겠는가
그저 나도 곡식처럼 익어서 풍요의 물결 속에 잔잔한 파도가 되는 것을

도래솔 따라 가을꽃이 만발하고
질긴 발가락하나 슬그머니 뻗어 보면
조상의 무덤은 어느새 두꺼운 옷을 입고 자손의 흉을 덮고 있다
무덤 앞에 머리 조아림은 살아서의 모든 애증을 잊게 한다
그저 인자했던 미소만이 그저 그리울 뿐인 것이다

손으로 꾹 눌러 손금마저 보일 듯한 둥근 송편
무덤 앞에서의 송편은 잘 익은 어머니의 가슴 같은 것
각자의 손으로 옮겨간 송편만큼 가벼워진 마음으로
가을의 무르익음을 맞이한다
그리고 비워짐 없이 충만한 보름달을 맞이한다
보름달의 은은한 달빛 속에 우린 모두 한 가족이 된다
한복 입은 할머니도 청바지의 사촌 동생도
원피스의 딸랑이를 든 어린 딸도
그래 모두 가족이 된다
잊고 지낸 가족의 따뜻함이 저 달빛으로 완전해진다

세속에 물든 마음들도 어머니의 인정과 인자함 속에
어느새 밤의 맑은 이슬처럼 순수해지고 천진해진다
더 이상 소박할 수 없는 존재가 된다

하여 한가위는 풍요인 것이다 사랑의 풍요인 것이다
소박함으로 더욱 충만해 지는 것이다
조상의 무덤 앞에 절을 하는 겸손과
달빛 아래 잘 다스려진 세상 속 하나님의 미소인 것이다

감자

어린 왕자가 살았던 행성이 숫자로 표기되었던가
어린 왕자는 장미를 심으며 인연을 맺었다지
장미의 잎들이 한 장 한 장 우주와의 질서와 순행을 말할 때
그 속에 함께 있고 싶었다
뿌리 깊숙하게 대지를 움켜쥐고 날마다 새로운 열매를 잉태하
고 싶었다
그 열매는 존숭(尊崇)되던 믿음의 결실이었으리
어린 왕자는 먼 곳을 떠나서도 장미의 시듦에 애태우며
날카로운 가시 품고 감기 걸린 애처로운 모습에 가슴 아파하
였다지
그리곤 그리움의 꽃잎 한 장을 더 간직하였다지
홀로 지키는 이 행성의 숫자마저 때론 무의미할지라도
바오밥나무의 뿌리가 날마다 든든해지듯이
대지로 빚어 낸 둥근 행성의 닮은 꼴
생명의 실체를 두 손으로 느껴보누나

장미

붉은 너의 입술은 유혹이다
짙은 향은 욕정의 다른 이름이다
날카로운 가시는 앙큼한 질투이다
오늘 너에게 안기고 싶다
온몸에 붉은 입술을 그 욕정을
앙큼한 질투를 새기고 싶어진다

안민고개 진달래꽃 2

산비탈 타박타박 걸음으로
넉넉히 오를 수 있는 저 중턱을 보라
지천으로 분홍빛이 짙게 물들었구나

저 꽃잎 한잎두잎 따다가
하나엔 나의 입술 하나엔 임의 입술
고이 찍어 화전 앞에 두고
한 잔 술로 사랑타령 제격일 듯한 4월의 하오

아직 남은 젊음의 낭만이 겹다오
넘치는 잔만큼 그리움으로 물들고
어디선가 하얀 손 내밀어 내 손을 잡을 듯하오
산 같은 넓은 가슴 내밀며
뜨거운 포옹이라도 할 듯하오

저 산의 진달래가 저리 붉으니

안민고개 진달래꽃 5

나는 바다를 사랑하여서
저 수평선 너머 파도의 격랑을 갈망한다
꿈은 넘실거리며 움직이는 저 대양이다
애련한 나의 눈망울이
이 고운 연분홍 호접 같은 잎들이
날마다 날마다 보내는 갈채들을 파도는 실어 나른다
대지의 심층에서 뿜어 올린 이 붉은 선혈을
토해내는 저 산의 무리들을 보라
두 발 든든히 딛고 서서 날마다 염원하는 저 발원들을 보라
끝 모를 대양을 향해 끊임없이 달리는 파도의 끝자락을 잡고
수평선을 향하는 저 분홍 행렬들을 보라
안민은 붉음 속에서 요동을 한다 바다의 파도들처럼

오후의 태양

5월의 시작은 나무의 연둣빛이 짙어짐이다
쉼이 없는 우주질서들이 무한의 산소를 일구어 내고 있다
그 속에 너의 이름 하나 새기고 기다림을 배우기로 했다
나무의 연둣빛들이 붉은 결실을 두 손으로 받고 있을 때
그 이름의 존재하나 그 이름의 의미하나
가슴에 달고 가을을 맞이하고 싶다

오후의 태양은 짙은 장미향의 소망이다.
부산한 계절의 여신이 가볍고 상쾌한 음률의 악기를 타며
광합성 작용으로 온 세상을 초록의 땀방울로 만든다